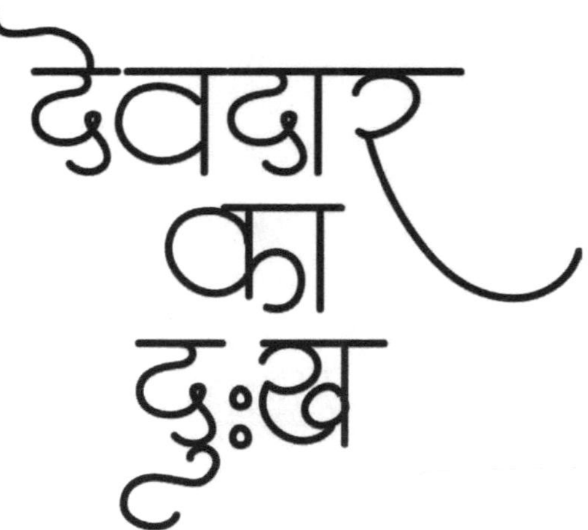

देवदार का दुःख

कविता संग्रह

डॉ. विद्याभूषण

अंजुमन प्रकाशन

Title : Devdar Ka Dukh
Author : Vidyabhushan

Published By-
Anjuman Prakashan
942, Mutthiganj, Prayagraj, 211003
www.anjumanpublication.com
anjumanprakashan@gmail.com

Printed and bound in India.
First published by Anjuman Prakashan in 2023
ISBN : 978-81-95938-81-0
Copyright © 2023 Dr. Vidyabhushan
Printing rights reserved : Anjuman Prakashan 2023
Cover & Typeset by Anjuman Prakashan

Price in India: 200/-

समर्पण

हर-उस प्रेम, स्नेह और वात्सल्य को जो मुझ
तक पहुँचा और उस प्रेम को भी जिसकी बाट
जोहता हूँ मैं।

लेखकीय

मैंने सोचा था कि कभी कोई किताब लिखूँगा, लेकिन पहली ही पुस्तक कविता की होगी ये न सोचा था क्योंकि अगर साहित्य के विद्यार्थी के रूप में कहूँ तो कविता लिखना अधिक मुश्किल काम है। अब इस मुश्किल काम को मैं कितना निभा पाया वो तो पाठक ही बताएँगे, फ़िलहाल ये बता दूँ कि ये कविताएं चिट्ठियाँ हैं। मुझे तो लगता है सारी ही कविताएं चिट्ठियाँ होती हैं। वो चिट्ठियाँ जो अपने पते पर नहीं पहुँच पाती हैं।

कुबेरनाथ राय ने अपने एक लेख में ऋग्वेद का उद्धरण देते हुए कवि को 'ऋषि' कहा है। मेरे ख़याल में कवि के लिए ये सबसे सुंदर शब्द है क्योंकि ऋषि द्रष्टा होते हैं और कवि भी। कवि होने के लिए सबसे ज़रूरी है कि आप द्रष्टा हों, अन्य सभी अहर्ताओं को मैं गौण समझता हूँ।

आदमी जब सबसे अधिक भाव विह्वल होता है तब लिखता है कविताएं। हालांकि ज़्यादातर कविताएं निजी होती हैं लेकिन उनकी सार्थकता तभी है जब वे सार्वजनिक हो जाए। जब कोई उसे पढ़ते ही कहे कि "ये तो मेरे मन की बात है।"

सौ पैमाने गढ़े, पूरा काव्यशास्त्र रच दिया लेकिन इससे कविता का कुछ भी न बदला। मैं मानता हूँ कविता परिभाषा की परिधि को अक्सर लाँघ जाती है, इसलिए जो बात सहज और सुरुचिपूर्ण ढंग से कही गई हो वही कविता है। लय, छंद, रस, प्रवाह, अलंकार, तुक, व्याकरण निस्संदेह किसी कविता के महत्त्वपूर्ण अंग हो सकते हैं लेकिन कविता इससे भी इतर कुछ है। जैसे हाथ, पांव, आँख, नाक, कान किसी व्यक्ति के शरीर के महत्त्वपूर्ण अंग हैं लेकिन वह व्यक्ति इन सबसे अलग कुछ और है।

एक आदमी हर एक क्षण बदलता रहता है। उसकी मनःस्थिति भी बदलती रहती है। आप जो घंटे भर पहले थे वो अब नहीं रहे। ये बात दार्शनिक और वैज्ञानिक दोनों ही रूप से सत्य है और इसी बदलती मनःस्थिति में कविताएं भी

फूटती हैं। मेरी कई कविताओं में आपस में मतभेद जान पड़ेगा, वह और कुछ नहीं अलग-अलग मनःस्थितियों के शब्दचित्र हैं और कई बार तो एक ही दृश्य को अलग-अलग फ्रेम ऑफ रेफरेंस से देखने का प्रयास भी है।

आशा है कि मैं जिन दृश्यों, घटनाओं, व्यक्तियों और स्थानों को इन कविताओं के माध्यम से आप तक ला रहा हूँ वे कुशलता पूर्वक आपसे संवाद कर सकेंगे।

अनुक्रम

1. स्मारक

मनुष्य आदिकाल से
बनाता रहा स्मारक,
उकेरता रहा स्मृति चिह्न,
हर दिशा में छोड़े निशान
हर देश में बनवाई मूर्तियाँ,

स्मृति चिह्नों से
पटी हुई हैं
दीवारें खंडहरों की,

गुफाओं के उदर में
बनी है तस्वीरें,
शिलाओं के पीठ पर
किसी ने गुदवाए लेख
ताकि वह बना रहे
कई पीढ़ियों की स्मृति में।

कुछ तो डर था
भुला दिए जाने का
या
इच्छा अमर होने की
कुछ अहं वैभव का अपने।

पर अफ़सोस,
वक़्त अपने बलिष्ठ हाथों से
डाल जाता है
धरती के मुख में
असंख्य स्मृतियों का ग्रास
और स्मारक हंसते हैं
मनुष्य के व्यर्थ प्रयासों पर ।

2. एक दिन

एक दिन
पड़े रह जाएंगे
मेज़ पर बिखरे ये पत्र
उत्तर की लालसा लिये;

एक दिन रुक जायेगी गति दुनिया की
स्वर शून्य, लय निश्चेष्ट पड़े हुए
रंग अदृश्य हो जाएंगे
मुझ 'एक' के लिए

अचानक ही
बुझ जाएगी ललाट की लौ
हृदय बैठ जाएगा
थक कर बरसों की कमरतोड़ मेहनत से

एक दिन मैं न रहूंगा
शायद न होगी तुम भी
पर,
रहेगा मेरा प्रेम
जीवित
युगों तक
इन चिरंजीव शब्दों की देह में।

3. कविता

मिलना महज़ एक घटना भर है,
बिछड़ना पूरी प्रक्रिया
संभव है मिले बग़ैर बिछड़ना लेकिन
बिछड़े बग़ैर कौन मिला है?
मिलन विलोम नहीं वियोग का
पर्याय भी नहीं
मिलना क्रमिक बिछड़ना है
जैसे जीवन क्रमिक मृत्यु।

4. लोग जो घर लौटकर नहीं आए

जबकि आंगन में पड़ रहे थे उषा रानी के पहले क़दम

उस वक़्त कुछ लोग निकल पड़े थे घर छोड़कर,

निद्राजित नदी के ऊपर

पीठ उठाकर लेटे हुए

चचरी के अलसाए बदन से निकलती

चर्र-मर्र की ध्वनि ही उस वक़्त थी

जाने वाले का वियोग गीत

और ओस थे अश्रुकण विदाई के।

जाने वाले से छूटता गया

मुंशी दादा का बुढ़ापा

गुड्डू का बचपन

और अपनी जवानी।

वे लोग निकले थे

कि लौट आएंगे 'कुछ' पाकर,

लेकिन शहर की लाइटों की रोशनी

गाँव के लालटेनों की लौ को लील गई हर बार।

बेहतर भविष्य की आस ने

अच्छे वर्तमान का सुख भी सोख लिया

कि जैसे धामन सोख लेता है

मंद, मादक, मनोहर पवन।

5. भूल जाना नियति है...

कई बार कहा है तुमने

कि बेहद पसंद है मेरा आगोश में लेना तुमको,

कि बहुत सुकून मिलता है

मेरी बाहों में आकर।

तुम्हारे बदन पे

मेरी रेंगती उंगलियाँ

जून की गर्मी में

बदन पर फिसलते किसी बर्फ़ सी लगती है तुम्हें

कि मेरी सांसों की गर्मी

सर्दियों में तुम्हारे लिए लिहाफ़ का काम करती हैं।

पर यक़ीन मानो

तुम... मेरा एहसास, मेरी यादें

सब... भूल जाओगी।

मेरे जाने के बाद

सब ऐसे हवा हो जाएगा

जैसे गुज़रा ही न हो वक़्त साथ में।

पर, तुम निर्दोष हो

क्योंकि...

ये वक़्त इक दवा है भूल जाने की

और आदमी ...

आदमी तो जैसे शापित है भूल जाने को।

६. परिजात की बहन

सुना है
कि लोग बन जाते हैं फूल
प्रेम में,
कि प्रेमावेग बहा ले जाता है
मनुष्य शरीर का भार
और
प्रेम के ताप से
पिघलकर पुष्प बन जाता है आदमी।

मैं अगर बना तो बनूँगा कचनार,
तुमसे लिपटते ही
मेरे बदन पर खिल जायेंगे
बैंगनी रंग के फूल
जैसे सपेरे की बेटियाँ
बन गईं थी फूल
पिता के आलिंगन से।

और... मुझे यक़ीन है,
तुम जो बनी फूल
तो बनोगी शेफालिका,
रात सँवार जाओगी
मेरी प्रतीक्षा में
और पौ फटते ही

आवेश में कूद जाओगी
पेड़ की ऊंचाई से;
फिर नाक पर अभिमान लिए कहोगी -
"रश्मिकेश, बड़ी देर से आये तुम!"
पर... बिखरकर भी कितनी ख़ूबसूरत लगोगी!
बिल्कुल पारिजात की बहिन!

7. प्रेम का गणित

काले में काला मिलाने से
बनता है काला ... और काला,
जैसे दो ऋणात्मक अंको का योग
होता है ऋणात्मक ही।

पर भिन्न है
हमारे प्रेम का गणित,
उसमें एक और एक का योग
एक ही होता है।
फिर भी प्रतिफल जोड़े गए अंकों से भिन्न।

तुम्हारे नैराश्य और मेरे विषाद के मिलन से
उपजती हैं
आँखों की चमक,
हृदय का उत्साह,
और देह की सिहरन

प्रेम में
दो विषाद का यौगिक उल्लास होता है।

8. असफल कवि

मैं एक असफल कवि हूँ।
इसलिए नहीं कि
नहीं मिला पुरस्कार मेरी कविता को कोई
इसलिए भी नहीं कि
नहीं बस पाई मेरी कोई कविता
किसी प्रेमी की जिह्वा पर
ताकि वो रिझा पाए अपनी प्रेमिका को
शब्द-आलिंगन देकर

असफल इसलिए हूँ क्योंकि -
मेरी कविता
नहीं पोंछ पाई
उन नव-वधुओं के आँसू
जिनके हृदय पर छाले हैं
मधुर स्वप्नों के टूट जाने के
और जिनकी पीठ पर
दाग़ हैं दहेज की माँग के

और असफल इसलिए भी कि -
कविता नहीं बन पाई संबल
उन स्त्रियों का
जो भूल गई हैं कि
वे भी बोल सकती हैं,

जो भूल गई हैं
स्वप्न देखना
जिन्होंने सेंदुर पर वार दी स्वतंत्रता
और वरमाल को पहना गलफाँस की तरह
जो धीरे-धीरे गला घोंटता है उसकी इच्छाओं का

जब तक कि मेरी कविता नहीं बनेगी
पति द्वारा तिरस्कृत स्त्रियों का स्तवन मंत्र
और लोलुप दृष्टियों से
स्वयं को बचाती
किसी विधवा का जय गान
जब तक नहीं दौड़ेगी किसी की रगों में क्रांति का लहू बनकर
तब तक मैं मानूँगा यही.....
कि मैं एक असफल कवि हूँ।

९. साड़ी के नाम का रंग

तुम्हारी एक तस्वीर देखी
वही सुनहरे किनारों वाली स्याह साड़ी में
जिसमें कि बेतरतीब बिखरे हैं
तुम्हारे केश
और
तुम बैठी हो
किसी पुराने मकान के
बाहरी बेरंग होते ज़ीनों पर

सोचा कि -
लिखूँगा एक कविता
उस एक तस्वीर पर
वैसे भी
गोद में किताब लिए स्त्री से अधिक सुंदर
और क्या हो सकता है!!

पर...
नहीं लिख पाया।
हर बार तुम्हारी साड़ी का रंग
बाहर हो जाता है शब्दों के पैमानों से।

सुनहरी ! कितनी सुनहरी ?
... नरगिस के फूलों से अधिक

पर धधकते शोले से कम
हाँ, कुछ तो पलाश के फूलों जितना
पर ठीक उतना भी नहीं।

शहद ...सरसों...
अपर्याप्त हैं ये तो !

मेरे शब्दकोश में
होगा एक रंग तुम्हारी साड़ी के नाम का
ताकि फिर कोई कवि
अपनी प्रेयसी की सुनहरी साड़ी पर
कविता लिखने में असमर्थ न हो।

10. भय

व्याधियों ने कब किया है नाश
मनुज की चिरंजीव देह का
स्यात ही कोई रोग
गला पाया है अस्थियों को

उसकी ऊंचाईयां कब रोकती हैं
किसी पक्षी की उड़ानें?
देखा है किसी लक्ष्य को
असि खींचे, तूणीर ताने?
रण में तलवारों से कौन मरता है!
अमर होता है मर्त्य
सीने पर चोट खाकर
फिर मर जाते हैं वो
भय जिनके कलेजे को
चलाता है धौंकनी की तरह।

११. वैसा नहीं है

कुछ भी ठीक वैसा नहीं

जैसा कि लगता है

सच-झूठ, अच्छा-बुरा, पूर्व-पश्चिम

कुछ भी तो नहीं

तुम्हारा सत्य हो सकता है मिथ्या किसी का

तुम्हारे पूरब में

जलाता है कोई यम के दिये

वैसे पूरब भी क्या सच में पूरब है?

कहते हैं "सूरज पूरब में उदित होता है"

ग़लत !

वास्तव में

जिधर उगता है सूरज उसे पूरब कहते हैं ।

उस दिशा को मानते हैं 'पूर्व'

जी चाहे तो 'पच्छिम' कह दो,

नाम ही तो है ....बस !

12. सेमल का पेड़

अभी
मुझको घेरे है ना-उम्मीदी
माथे पे मायूसी के बादल छाए हैं
कुछ बुझी हुई सी लकीरें बन आई हैं
पेशानी पे मेरे
ज़हन में बेदिली ने घर कर लिया
बदन ठोकरों से परेशान है।
पर
ऐसे ख़त्म न होगी ये कहानी
किसी रोज़
मैं बन जाऊँगा सेमल का पेड़
और गिरा दूंगा ना-उम्मीदी के पत्ते जाड़ों में
फिर बहार आने पर
अपनी शाख़ों पे सजाऊँगा
आशाओं के सुर्ख़ फूल

देवदार का दुःख

13.चुनाव

मैंने किया प्रेम
कई बार कई लोगों से,
कभी तो
एक ही वक़्त में
दो से था इश्क़ मुझे
दोनों से बराबर,
न कम न ज़्यादा।
मैं चाहता था
एक ही वक़्त पे
दो स्थानों पे होना,
एक ही जीवन में
कई काम
और इसलिए
बनी रही दुविधा
चुनाव की उम्र भर
आख़िर कैसे चुन लूँ कोई एक?
कैसे भेद करूँ ?
अंतर कैसे पाऊँ ?
कैसे कह दूँ कि -
उसके गालों के तिल से बेहतर है
इसकी आँखों का रंग,
कैसे कह दूँ -
उसकी बातें कमतर हैं

इसके आलिंगन से ?
या तो पैमाना ही ग़लत है
या प्रक्रिया ही चुनाव की
मैं मानता हूँ चुनाव है विभ्रम
क्योंकि एक में से एक को चुनना ही क्यों ?
है न मति की मूढ़ता !
मन की माया !

14. बड़ का वृक्ष

मैं,
बड़ का वो वृक्ष
जिस पे लपेटती हैं वधुएँ
शुभेच्छाओं के धागे,

किसी मंदिर का वो जंगला
जिसपे बंधे होते हैं
कामनाओं के फ़ीते,

और सीन नदी पर खड़ा वो पुल
जिसपे लगाए जाते हैं
मन्नतों के ताले ।

तुम,
उम्मीद हो
उन कामनाओं के पूर्ण होने की ।
तुम,
सच न झूठ
महज़ संजोग हो ।

संजोग जैसे -
बारह बरस पे
नीला हो जाए
कभी नीलगिरी की देह

या कि
खिल जाए वेणुवन में फूल।

15. सूरजमुखी तुम

सूरजमुखी तुम,
बादलों की तख़्ती पर झूलते हुए
रोज़
किसका करती हो इंतज़ार?
जबकि पेड़ के शाख़ से लटके
वे लता-गुल्म
चुपके से
दे जाते हैं
तुम्हारे गालों पर बोसा
तब
अपलक किसकी बाट जोहती हो तुम?

कौन कुहासे की दीवार को तोड़कर
आएगा इस पार?

सोचता हूँ -
मैं ही सिलवाऊँ किरणों का दुकूल
और
किसी रोज़ आ जाऊं सामने
तुम्हारे इंतज़ार का उत्तर बनके।
ऐसे कि जैसे आती है हवा
फेफड़े के अंदर,
जैसे आती है रदीफ़

क़ाफ़िया के सामने,
जैसे आते हैं गेसू
गालों पे तुम्हारे,
वैसे ही
अनायास और अनिवार्य!

16. हमारा मिलना

हम मिल सकते थे
किसी और तरह से।
यूँ ही टकरा जाते एक-दूजे से
कहीं भी, कभी भी;
किसी बस, किसी ट्रेन
या किसी कॉलेज में;

या कि नवरात्र में
जब जमा होते हैं लोग मंदिर में
संध्या आरती के वक़्त,
तब भी अचानक
अटक सकती थीं मेरी नज़रें
तुम्हारे कान की बालियों से
तुम्हारा कृष्ण रंग
अपने गुरुत्वाकर्षण से खींच सकता था मुझे
और मैं गिरता
ठीक वैसे, जैसे
गिरता है कदम्ब का फूल

पर ...
हमारा मिलना कितना रूमानी था न !
इन सबसे कितना अलग !
हम मिले जब कि तुम गा रही थी
जैसे फ़िल्म 'अभिमान' में
सुबीर ने सुना था उमा का गाना।

डॉ. विद्याभूषण

17. देवदार का दुःख

मुझको रुचते हैं खंडहर।
जान पड़ता है
मैं साथी हूँ
उनकी चिर एकरसता का,
उनकी दीवारों पर बने
बारिश की धार के निशान
लगते हैं
किसी के गालों पर सूख चुके आँसू।

मुझको खींचता है
पहाड़ों पर खड़े देवदार का दुख,
मैं दिन के अंत में
सुनने जाता हूँ
नदी का रुदन,
अक्सर सांझ बाड़ी में
सैकड़ों चिड़ियों के चहचहाहट के बीच
सुनाई देता है
किसी मैना-किसी तीतर का विरह गान,
और महसूस करता हूँ
हल्की बारिश में
पोर-पोर
भीग रहे शहर की तन्हाई।

मैं हो जाता हूँ ख़ामोश
किसी उत्सव के ठीक बाद
कि जैसे दुःख ही शाश्वत हो।
मानो दुःख हो सबसे आकर्षक।

वास्तव में,
दुःख है शाश्वत !
और
सुख सापेक्ष है।
सुख है केवल
अमुक दुःख का न होना,
या कि कम होना अपेक्षाकृत किसी और से।

18. अधूरी कोशिशों की रसीद

ये कविताएं
पक्की रसीद हैं
मेरी अधूरी कोशिशों के।

मैंने चाहा
कि तुम्हें भेजूँ
किसी पुरानी किताब में दबाकर एक गुलाब,
मैंने भेजना चाहा
मेघों को तुम्हारे शहर,
पंछियों को तुम्हारा पता दिया,
मैंने बात की यारों से,
बड़की भाभी को बताना चाहा।

पर...
मैं
लहर वो सिंधु का
जो छू न सका चाँद,

मैं
माघ का वो मौसम
जिसके सीने में जलता रहा अलाव
और ज़बां पर जमी थी बर्फ़।

19. युद्ध क्षेत्र

युद्ध क्षेत्र हैं
प्रेम कथाओं के सबसे अनुकूल देश;
वहाँ
प्रेमी देखता है अपनी प्रेयसी को यूँ
कि देख न पाएगा दोबारा
गले लगाता है अंतिम आलिंगन समझकर
और
चूमता है कि जैसे आख़िरी लम्स हो।

बस युद्ध क्षेत्रों में
जीते हैं प्रेमी वर्तमान में,
इसीलिए युद्ध ग्रसित राष्ट्रों में
बनती हैं सबसे अच्छी प्रेम कहानियाँ।

प्रेम कोई संचित निधि नहीं,
जिसे ख़र्च किया जाए
आहिस्ता-आहिस्ता उम्र भर
प्रेम आकस्मिक निधि है।
उड़ेल देना होगा,
एक ही बार में
सारा का सारा।

20. कवि ने कहा

(केदारनाथ सिंह की एक कविता के उत्तर में निवेदित)

कवि ने कहा
"देर मत करो
कह दो जो कहना है
शायद
फिर कहने का कोई अर्थ न रह जाये"

पर ...
मैं नहीं कह पाया तुमसे
क्योंकि केवल प्रेम ही पर्याप्त तो नहीं।

संसार ने बनाये हैं
कई मानदण्ड,
साबित करनी होती है योग्यता
प्रणय निवेदन से पहले,
जैसे अर्जुन के लिए ज़रूरी था
मछली की आँख का भेदन,
जैसे राम के लिए धनुष का खंडन,

लेकिन
मैं जो तुमसे न कह पाया
वो कहता हूँ पूरी दुनिया से
और उनको सुनाया करता हूँ आजकल
जंगला भैरवी में एक ठुमरी
'आजा बलम परदेसी'

देवदार का दुःख

21. लिखना चाहता हूँ

मैं लिखना चाहता हूँ
आधे पहाड़ पर बिखरी धूप,
सफ़र से घर लौटते आदमी की थकान,
सुबह की धरती, शाम का आसमान;

मैं बेकल नदी का मन उतारना चाहता हूँ काग़ज़ पे
और चाहता हूँ कि —
शब्दों के माध्यम से
सुना पाऊँ
भोर में भटियार गाते गुप्त-गंधर्वों का कलरव;
मैं चाहता हूँ कि लिखूँ —
अपने सीने पे शबनम को संभाले शाद का प्रेम;
मैं लिखना चाहता हूँ
बनारस शहर की मादकता,
दिल्ली की हवा,
और लोगों से भरे मुंबई का अकेलापन;
मैं लिखना चाहता हूँ
घिरते अंधेरे में फैलती लालटेन की लौ,
गुलमोहर की शाख़ाओं के बीच अटका चाँद,
और रेगिस्तान में बनी इक सड़क का सूनापन;
मैं पेड़-पहाड़, नदी-झरना, सुबह-शाम, शहर-गाँव
सब लिखना चाहता हूँ.

लेकिन हर बार
बात तुमसे शुरू होकर तुमपे ही ख़त्म हो जाती है.
कि जैसे तुम ही हो
पाँचों इन्द्रियों का विषय

22. हम मिलेंगे

हम मिलेंगे

हल्की बारिश में घने पेड़ के नीचे,

हम मिलेंगे

किसी मंदिर में संध्या आरती के वक़्त,

या गर्मी की किसी रात

पार्क में घास के बिस्तर पर लेटे

तारों को देखते-देखते टकरा जाएँगी हमारी नज़रें,

हम मिलेंगे बर्फ़ से ढंके देवदार तले

और कभी तो नदी के किनारे हाथों में हाथ लिए,

हम मिलेंगे

शाम के सिंदूरी सूरज के साये में

पहाड़ों के बीच किसी घाटी में,

हम मिलेंगे

समंदर और लहर की तरह,

सूरज और धूप की तरह,

आग और तपिश की तरह,

हम मिलेंगे

चाँदनी रात में रजनीगंधा की सुगंध ओढ़े

अमरूद के बाग़ में देव-पारो की तरह।

हम बन जायेंगे किरदार और मिलेंगे
लोकगीतों में, क़िस्सों में, कहानियों में
वैसे तो
हम मिल सकते हैं किसी बस, किसी ट्रेन
या किसी लाइब्रेरी में
चुनते हुए अपनी पसंदीदा किताब।

हम मिलेंगे
मौसमों से परे, वक़्त से आज़ाद।

23. लोग क्या कहेंगे?

इस बार अकीलिस की माँ से कहना

कि ऐड़ी तक डुबोए उसे

त्याग के छूट जाने का भय

सुयोधन

इस बार मत उठाना

केले का पात

उघड़े रहने देना जंघा अपनी

इस बार मत सोचना

'लोग क्या कहेंगे !'

24. प्रेमी पागल हैं

वो कहते हैं बारिश को बादल का रोना

धूप उन्हें सूरज के दिल की अगन लगती है

ज़मीन पे बिखरे सूखे पत्ते

जान पड़ते हैं किसी प्रेमी के भेजे असंख्य पत्र

जिन्हें कभी पढ़ा न गया हो

वे मानते हैं सूरजमुखी को सूर्य की प्रेमिका

वे कहते हैं

उल्टी दिशा में प्रवाहित नर्मदा है

अपने प्रेमी से रूठी नायिका

उन्हें फूल नदिया चाँद सागर

सभी बेकल दिखते हैं

दूसरों में अपना ही अक्स दिखता है

यूँ समझिए कि प्रेमी पागल हैं

प्रेमियों को सारा जहां प्रेमी लगता है।

25. ययाति के वंशज

मुझे लगता है किसी युग में किसी व्यक्ति ने किया होगा घोर तप
मांगा होगा एक अनोखा वरदान
अपने और अपने वंशजों के लिए
कि एक ही जीवन में जी पाऊं सौ जीवन
सौ वर्ष में हज़ार वर्ष।
ईश्वर ने कहा होगा —
"तथास्तु!"
और तब सृजित हुआ होगा अभिनेता
दाहिनी काँख में दबाए नवरस की पोटली।

तभी तो
वो जीता है
सम्राटों का सुख,
संन्यासी का त्याग;
उसने जाना है
भर्तृहरि का वैराग्य,
देवदास की पीड़ा;
दरअस्ल अभिनेता हैं
ययाति के वंशज
उनको मिला वरदान है अभिशाप भी।

डॉ. विद्याभूषण

26. भूमि पर प्रेत

बचपन में सुना था किसी से
कि नदी के पास वाले
बाँस के जंगल में रहता है एक प्रेत
मैं अक्सर सोचता कि
यदि किसी रोज़ वह प्रेत
उतर आए बाँस की छिप्पियों से !.....

तुरंत उभर आता
मेरी कल्पना में
प्रेत का स्वरूप
श्वेत शरीर, चमकती हुई आँखें

सालों बाद आज वहाँ से गुज़रा
बाँस काट दिए गए हैं
और
इस शोक से शरीर गलाए बैठी है नदी
एक बिजली घर बना है वहाँ
उजली दीवारें, चमकती खिड़कियाँ
मानो प्रेत उतर आया हो भूमि पर।

27. कुछ तुम्हारी कुछ हमारी

सौ गिले तेरे ज़ेहन में,
आ न पाते हैं कहन में
मुझको भी शिकवे बहुत हैं,
सब दबे बैठे हैं मन में
क्यूँ न इक दिन बात कर लें,
खोल डालें गिरहें सारी
कुछ तुम्हारी, कुछ हमारी

अबके भी आया था सावन,
सौ फुहारें साथ लेकर
अबके भी गुज़री बहारें,
रंग सारे साथ लेकर
क्या बताएं कैसे गुज़री,
दिन वो बोझल रात भारी
कुछ तुम्हारी कुछ हमारी

तेरा जब भी नाम आये,
दिल ये मेरा रह न पाए
तुमने भी तो भूलने के,
सौ तरीक़े आजमाए
कब तलक यूँ हम करेंगे,
अपने दिल की पहरेदारी
कुछ तुम्हारी कुछ हमारी

28. तब चली आना

ये सुहानी सर्दियाँ जब
बे-वजह मनहूस लगे,
या न भायें जगमगाते
कमरे में ये फ़ानूस लगे

तंग आओ जब कभी तुम
मौसमों के रंग से,
एक कमी मिटे नहीं जब
सौ सखी के संग से

तब चली आना, ज़रा न देर करना।
सुन रही हो न, ज़रा न देर करना॥

वेदना से जब लबालब
हिय तुम्हारा भर चुका हो,
और व्यथा से हार के मन-
भी तुम्हारा मर चुका हो

आँसुओं को अनवरत
बहने का अवसर लगे,
हर किसी के शब्द तुमको
शूल और खंज़र लगे

देवदार का दुःख

सब मुझको बतलाना, ज़रा न देर करना।
तब चली आना, ज़रा न देर करना॥

जबकि तुम ना सोच पाओ
किसको मैं अपना कहूँ
या यही दुविधा तुम्हें हो
कैसे, किससे, क्या कहूँ

रौंद डाले जब कोई
प्रेम के आधार को
जबकि तुम समझा न पाओ
दिल-ए- बेकरार को

बिल्कुल न घबराना, ज़रा न देर करना
तब चली आना ज़रा न देर करना

29. लता

कभी देखा है क्या तुमने
दरो-दीवार पे कोई
लता जो चढ़ रही ऊपर
ज़मीं से छत तलक उसकी
कई बाहें यूँ फैली हों
कि जैसे जंग में जीती
हुई जागीर हो उसकी
बदन से बाँध लेती है
वो पूरे घर कोई ही ऐसे
कि जैसे तन नहीं उसका
कड़ी ज़ंजीर हो उसकी।

उजाड़ा दश्त को तुमने
वो प्यारा घर जो था इसका
जहाँ इसके सभी नाते
रिश्तेदार रहते थे।
कभी संग मालती हंसती
कभी जूही बुलाती थी
कभी वो मोगरे की बात से
दिनभर लजाती थी
मुहब्बत ख़ूब थी उससे
मगर छुपती-छुपाती थी।
कभी वो आम काका के

देवदार का दुःख

बदन को गुदगुदाती थी।
बूढ़े बरगद के नीचे
कभी वो लोटती रहती
कभी पीपल पे वो चढ़के,
ज़मीं पे लौट आती थी।

बढ़ाया धार फिर तुमने
अपने आड़ी कुल्हाड़ी का
खड़े थे शाल शीशम जो
सभी को घुटने से काटा।
ले आए उस लता को तब
किया फिर क़ैद गमले में
तुमने सोचा तुम्हारे घर
की वो शोभा बढ़ाएगी
तुम्हें मालूम क्या था कि
वो ऐसे फैल जाएगी।

30. अब उड़ने की ठानी है

एक अरसे से आसमान को
देख देख उकताया हूँ
कबसे उसके सपने पाले,
अब तक छू न पाया हूँ
बहुत हुआ बस देखते रहना,
अब रुकना नादानी है
अब उड़ने की ठानी है।

रेखाओं पे हँसना है और
क़िस्मत पे गुर्राना है
मुश्किल हालातों ने शायद
मुझको न पहचाना है
तुन्द हवाएं डर जाएंगी
ऐसे आँख दिखानी है
अब उड़ने की ठानी है।

चिंता की ये रात घनेरी,
और कुंठा की दीवारें सब
सीमित अवसर देकर रोकें,
हमको चाहे सरकारें सब
फ़ौलादी संकल्प के आगे,
बातें सारी बचकानी है
अब उड़ने की ठानी है।

देवदार का दुःख

31. तुम कहां हो?

बाट सब निहारता है, तुम कहां हो ?
हाय ये दिल हारता है, तुम कहां हो ?

भर गया है चुप्प की आवाज़ से अब मेरा जीवन
इस घनी एकरसता से, आज भारी हो गया मन
निष्क्रिय सरोवर में अपने थोड़ा विप्लव चाहता है
तुम कहां हो ?

चाहता है हाथ थामे, और गले तुमको लगा ले,
नींद लेकिन कब तलक यूँ दूभर स्वप्न को सम्भाले
अलसाई आवाज़ से मन तुमको ही पुकारता है
तुम कहां हो ?

टीस भर देता है दिल में झील का सूना किनारा
काटने को दौड़ता है इस धनक का रंग सारा
ये क्षितिज का चांद अब फुफकारता है
तुम कहां हो ?
हाय ये दिल हारता है तुम कहां हो ?

32. प्रेम का दर्शन शास्त्र

अन्जुलियाँ दर्पण होने से पहले
बनी होंगी जलपात्र
क्योंकि पानी प्रेम से अधिक ज़रूरी है।
चाँद से अधिक भार है रोटी का
गुलाब से अधिक क़ीमती है गेहूँ।

जब हो आपके रक़्त में हार्मोन से अधिक भूख
तब क्षितिज का आधा चाँद हँसिये सा दिखता है
और घिरता मेघ
भेजता है निमंत्रण फ़सल बोने की।

जिस मज़दूर के पीठ पर झूलता हो
जवानी से पहले बुढ़ापा
जिसके चेहरे पर मूँछ से पहले उग आती हैं झुर्रियाँ
उसे क्या पता आलिंगन का स्वाद!
उसकी जानकारी धान, ईंट और हथौड़े तक सीमित है
और संपूर्ण भी।
वास्तव में प्रेम भरे पेट का दर्शन है।
परिग्रहियों का धंधा।

33. संसार दो हैं

संसार दो हैं
यहाँ तक कि
ईश्वर भी दो
इनका दो होना शाश्वत सत्य है
एक ईश्वर न हो सकेगा कभी।
ख़ैर,
इन दार्शनिक बातों के
पेंच में मत फँसना
हम एक हो सकते हैं
हमें एक हो जाना चाहिए।

34. होने की संभावना

मैं अधिक से अधिक
गंगा घाट हो सकता हूँ,
साँझ होते ही आ लगो तुम
जिसके आगोश में नाव की तरह
और
हो सकता हूँ
कम से कम
बालू का एक भीत
जो ढहाता रहे तुम्हें, जाता देखकर;

इसके अतिरिक्त
मेरे कुछ भी होने की सारी सम्भावनाएं नगण्य हैं
जैसे चांद की केवल दो अवस्थाएं होती हैं
पूर्णिमा या अमावस्या।

35. अपने हिस्से का दुःख

रात बीत जाती है
झींगुर से तंग आकर,
सुबह हड़बड़ी में आता है हर रोज़
और
लगाता है हाज़िरी
मुर्गे की बांग के तुरंत बाद।

दोनों फिर-फिर आते हैं
भोगने को वही दुःख
जैसे मिला हो श्राप किसी जोगी का ;
देखें तो
संसार में सबको मिला है
एक-एक विशिष्ट अभिशाप
सभी भोगते हैं अपने हिस्से का दुःख,
तभी तो सर्वभक्षी है अग्नि
और आकाश दूसरा अश्वत्थामा है
जिसे मिला है अंतहीन विस्तार का अभिशाप।

कवि को कदाचित अभिमान था
अपने शब्द भंडार पे
वो इतराता होगा भाषा के सामर्थ्य पर,
तभी
उसका अभिशाप है —
'कह न पाने की असमर्थता'।

36. अविष्कार आवश्यकता की जननी है

आवश्यकता और अविष्कार माँ-बेटी हैं।
पहले माँ ने बेटी को जन्म दिया
फिर सभ्यता विकसित हुई
अब बेटी जनती है माँ को।
अब कारख़ानों में सामान नहीं ज़रूरतें बनाई जाती हैं।

37. मसीहाओ कर्णधार

देखो तो
नीरवता उसके बदन में
कैसे ज़हर की भांति घुल गई है
और कितना नीला पड़ गया है बदन उसका
पर बेचारा करे भी तो क्या ?

धाराएं डूबती हैं नदी में,
नदियाँ समंदर में,
लेकिन समंदर कहाँ डूबे ?

जिसे पुकारते हों सब
वो किसे आवाज़ दे

त्रासदियों से उबारता है कोई न कोई मसीहा
लेकिन उन्हें कौन उबारे
कोई नहीं होता
मसीहाओं का कर्णधार।

38. मुक्ति

दिन-ब-दिन बढ़ता जाता है
कलेजे पर
शब्दों का भार,
छटपटाती है जिह्वा
उचारने को तुम्हारा नाम,

सिन्धु,
नदी हुआ जाता हूँ
किनारों के कंठ तक जल से लबालब;
तुम मिलो तो —
स्वयं को सौंप कर
मुक्त होऊं अपने भार से।

39. राम की प्रतीक्षा

गांवों में
आज भी
दशरथ करते हैं प्रतीक्षा
कि लौट आएगा उसका राम
लेकिन
गांव से शहर का मार्ग
एकतरफा होता है।
अब कोई राम नहीं लौटता
लंका विजय के बाद।

40. समय नहीं बीतता

समय नहीं बीतता
बीतते हैं हम;
ऐसी बातें मत करना,
इन बातों का कोई प्रयोजन नहीं।
बताना हो तो उसे बताना
कि कोयल गाती नहीं पुकारती है,
मोर नाचता नहीं बुलाता है।

उसे बताना कि
उसके जामुन से रंगे होंठ
उस पूरे मौसम की सार्थकता है,
और ये कि—
उसकी पायल गाती है
राग पहाड़ी की कोई अनसुनी ठुमरी,

उसे ये भी बताना
कि उसकी तस्वीर देखते ही
मेरी धमनियों में दौड़ती है
बरसात की मादकता,
भीगी मिट्टी की गंध से लिपट जाता है मन
और मैं
समय की धुरी पर
पर्वतीय ढलान से

बह रहे पानी की तरह
सरक रहा होता हूँ।

कुछ नहीं तो इतना बता देना
कि —
उससे प्रेम होने पर मैंने जाना
'क्रांति अत्यंत सहज घटना है।'

41. प्रेम और इतिहास

हज़ार युद्धों के बावजूद
दुनिया में आदमी का होना
इस तर्क का प्रमाण है कि
इतिहास नृशंस शासकों से अधिक
उनकी कहानी है
जिन्होंने विरोधी ख़ेमे में
बारूद के बदले गिराईं चिट्ठियाँ,
जिन्होंने ठीक सीमा पर जाके
रोप दिया गुलाब
और
जो भूल जाते थे भेरीघोष
ये अनुमान लगाने में कि
उसकी भौंहें अधिक वक्र हैं या धनुष ?
जो ये मानते थे कि
तलवार से अधिक धार है उसकी आंखों में,
इतिहास उन्हीं बाग़ी प्रेमियों की गाथा है
जिन्होंने युद्ध के बीच चुना प्रेम को।